好きな人を忘れる方法があるなら教えてくれよ

There is
no way I could forget
this love.

ニャン

返事が必要なラインならすぐに返してほしいし、
どうでもいい話題でもすぐに返してほしい。

送ったあとは数分おきに既読《きどく》が付くか確認するのは基本だし、
返事が来ない時には、ツイッターに浮上してるか、
不安でガマンできなくて見ちゃう。
おかしいかな？
みんなそれくらい普通だよね？

恋人だって見えないところでは
何をしてるのかわかんないし、
「完璧《かんぺき》な人はいない」って割り切るのが
正解なんだと頭では思うけど、
なんだか少し寂しい。

相手のことを、
すみからすみまで知ることができたからって、
それがイコール幸せにはならないし、
むしろ知った分だけ、
不安も増えるって
誰か教えてくれてもいいのに。

本当は大切な人ほど
「知りすぎない」が重要なんだろうな。
歳をとるごとに、言いたいことが言えなくなってきてるし、
言わなきゃいけないことも言えなくなってる。
でも「素直になれなかった」で
恋が消滅するのだけは、イヤだ。

どこかに「絶対的な居場所」がほしい。
つまり恋人枠ね。
自分のことを否定されたり、文句を言われたりしないような。
ほんとにほしいのは
「好きな人」とか「彼氏」じゃなくて、
「安心感」なんだ。
心地いい深呼吸ができそうな。そんなささやかな場所。

生きてるだけで疲れるし、
めんどくさい人間関係があると、
自分の居場所なんてないって思うし。

単純に「認められたい」。
自分が自分であることを。

自分が自分でいてもいいことを認めてくれる人がほしい。
「安心感」は多分、恋人以外からも得られるんだろうけど、
俺は不器用だからまだその方法を知らない。

自分の本音の部分を知った上で好きになってくれる人って、
思ってるよりずっと少ない。
理解してくれる恋人や友達は何人もいらない。
贅沢《ぜいたく》は言わないから、
好きな人からの愛で、毎日お腹をいっぱいにしたい。

Contents

第1章　返事を待つだけの夜って、なんであんなに長いんだろう

There is
no way
I could forget
this love.

第1章

返事を待つだけの夜って、なんであんなに長いんだろう

There is no way I could forget this love.

could forget this love.

There is no w

ラインが返ってこないのは携帯を見てないんじゃない寝てたんじゃないぞ。ポジティブに考えるな。冷静になれ

俺たちの日常は、ほとんど全てが監視下にある。原因はさっきまで握ってた携帯。ライン、インスタグラム、ツイッター。**ＳＮＳは便利だけど、相手の「今」がわかりすぎてツラい。情報を共有しすぎてる。**好きな人とラインしてて返事が遅いと「不安」になる。そんな夜は3日分くらいの時間を過ごした気分になるし、全然寝つけない。

「バイト行ってくる！」ってラインを最後に、数日間返事が来ないなんて珍しくないけど。どんなバイトやねん。ブラックすぎるやろ。それなのに、インス

タのストーリーには楽しそうな投稿がされてたり、ツイッターにも浮上してる。

追いかけてる自分も小せえなと思うけど。

返事待ちの時の脳は異常。ポジティブ思考とネガティブ思考を行ったり来たり。基本、一日中携帯を手放せないから、バカみたいに何回も既読《きどく》になったか確認しちゃう。「忙しいだけ」とか「何か携帯を見られない事情があったのかな」「もともとそんなにラインしない子なのかな」とか、無理やりポジティブに考える沼。自分でもそんな理由ねえよ！ってわかってるのに。

まあ、丸2日返ってこないとなると、これはもう諦《あきら》めるしかない。

友達には「それ、もう脈ないよね」「無理じゃね？」って言えるのに、自分が当事者になると、無理やりポジティブ脳に変わるから恋愛って恐ろしい。脈なしだと思ったら寝ろ。病むより明日に備えろって他人には言えるんだけどね。

好きな人が恋人と楽しそうにしてるストーリーは自動的に飛ばしてほしい。インスタグラムは気を使えよ

恋人がいる人を好きになってしまった時の絶望感。

普通の片想い×2.5倍くらいしんどい。

ただ好きなだけでも嫉妬《しっと》するのに、相手には大切な人がいると思うと、めちゃくちゃなハードモードに突入する。**「自分の思いは迷惑かも」とか「手を出したら悪役」とか「好きになっちゃダメだった」とか、悶々《もんもん》とする日々。**

インスタでイチャついてるムービーを見てしまった時には、たった数秒のス

トーリーで生死の境をさまよう。なんで好きになっちゃったんだよ。なんならインスタは少しこっちに気を使って自動的に飛ばしてくれよ。こっちは絶望して死にたくなるってわかってても、見ずにはいられないんだから。

「ゴールキーパーがいたらシュート打たないのかよ」って言葉はきれいごと。

いや、打てないんだよ。略奪愛《りゃくだつあい》なんて成功しても喜ばれないし、むしろ嫌われる。その後の人間関係もクソめんどうになるのが目に見えてる。

ただそれでも気持ちを抑えられないなら、もうそれは行くしかない。最初から味方はほぼゼロ、成功しても失敗してもゼロ、どちらのコースも絶望入りですって感じだけど。

「好き」って気持ちは残酷《ざんこく》だ。自分でうまくコントロールできない。キッパリ諦めるもよし、別れるまで待ち続けるもよし、抑えきれなくて動くのもよし。

ただし、全ては自己責任でお願いします。

「冷める瞬間」が一番怖い。あれだけ好きと

だったのに
一瞬でどうでも
よくなる。

好きな人が電話の向こう側で「誰と話してるの?」って聞かれて「友達だよ」って答えるの、めちゃくちゃ萎《な》える

「特別扱い」されたいなあと、日々思う。誰に? どんな風に?って聞かれたら困るけど、**一番は「好きな人に特別扱い」されたい。**

ラインは毎日しっかり返してほしいし、寂しい時は一番に電話をかけてほしい。好きな人から見て「その他大勢」に入りたくない。その人の「特別」でありたいし、「友達」という枠には入りたくない。別に友達でいたくないってわけじゃないんだ。自分をよく知ってほしいだけで。

好きな人と電話中に、電話の向こう側で「誰と話してるの?」って質問され

てて「友達だよ」って答えるのが聞こえると、めちゃくちゃ萎える。

その通りなのに。

当たり前のことで間違ってないのに。

けど、なんだか虚《むな》しい。

「友達なのに友達ではいられない」感覚は片想い特有。相手は好きじゃないんだって、自分でもわかってるからもっと悔《くや》しい。

恋愛は、好きになった方がいつも勝手に舞い上がって傷つく。そこに「勝ち負け」をつけるとしたら、先に好きになった方は完全敗北だ。

こんなこと言うと「勝手に被害者面《づら》するなよ」とか言われそうだけど、被害者面くらいさせてくれよ。

まあ正直、相手から見れば、勝手に傷ついて勝手にメンタルが死んでるだけだよね。それも仕方ないって割り切るしかない。負けたんだから。

スマホばっかり見てるカップルって否定されがちだけど「沈黙」が気まずくない関係って全然羨《うらや》ましいけどなあ

街中の電車とかカフェで、カップルがお互い携帯をいじってて、全然話さない様子を見ていると、「2人でいる意味ある？」なんて思ったりするんだけど、冷静に考えると「沈黙」が気にならない2人って最高じゃね？

デート中の沈黙に何度もメンタルを殺されてきたからこそ、すごいと思う。長く続いてるカップルとかが「何も話すことないけど苦痛じゃないよ」って言う意味が今さらわかってきた。

恋人にドキドキする気持ちも忘れたくないけど、いつまでもテンション高くいなきゃいけないのは、それはそれでしんどい。相手を楽しませなきゃっていう気持ちが、いつの間にかプレッシャーに変わったりする。で、疲れて、ある日突然冷めたりとか、ありがち。

話さなくてもいい、そこにいるだけでいい。**「素で受け入れる」ことができるって、長く一緒にいるからこそ生まれてくる信頼の証みたいなものじゃん。**ずーっと携帯を見てると、さすがに不安になるけど。

「恋人から家族にシフトチェンジしていってるのかも」って言ってた人がいたけど、確かに一緒にテレビを見てて、会話よりも沈黙が多い時に、ふっと幸せを感じたりするのとか、いいよね。男友達とごはんに行った時も、親友になればなるほど、沈黙が増える。

そこにいるってことを心で理解し合えたら、沈黙がもっと心地よくなるのかな。すげえ羨ましい。

「別れた方が2人のため」って、その2人ってのはお前の後ろに見える違う異性とお前の「2人のため」でしょ？

「2人のため」「勉強」「仕事（部活）」。この3つのどれかを別れの理由で言われた時は、だいたい相手には次の相手がすでにいる。だって、わざわざもっともらしい理由をつける意味がないじゃん。

「2人のため」って理由で振られた時は、直後に元カレと復活されて「2人のための2人って、お前とそいつかよ！」ってツッコミを入れた。心の中でね。

「勉強に集中したい」って言われた数週間後に、別の男と付き合われたこともある。勉強って「恋の勉強」かよ。ウケる。

理由をつけて振るのはズルい。こっちが「考え直してよ」って言おうとしても、それを言わせせない雰囲気を出してくるんだもん。それなら素直に「他に好きな人ができた」って言ってくれ。

いや、待てよ。それもそれで、ていうかそっちの方が100倍傷つくか…。でも、勉強とか仕事とかって理由だと「まだ脈があるかなあ」って期待しちゃうし。やっぱり素直に言ってほしい。**皮肉だけど、別れ際のセリフの切れ味はいい方が傷口が広がらない。**

でも、自分が言えるかっていったら、言えないんだけど。「冷めた」とか「好きな人ができた」って客観的に見てひどいし、悪者になっちゃうもんな。ただの自己防衛だけど。この「悪者になりたくない」って気持ちが強すぎると、あいまいな言葉で相手に期待させたりする。

振り方に「正解」を求めない方がいいのかもな。

「昔の人を忘れられない」
って振られて、
二度と恋愛しねえよ、と思った。
誰かを忘れるために付き合って、

忘れられなくて別れるって、
一番やっちゃいけねえだろ。
だって、「忘れるため」だけに
付き合わされたヤツが
一番傷つくから。

幸せそうなカップルの幸せそうな投稿を見るたびに「は？ 知らんがな」と思う半面、死ぬほど羨ましい

「若者の恋愛離れ」とか言われてるけど、今日もSNSでは、幸せそうなカップルが溢《あふ》れてる。そいつらの幸せそうな投稿を見るたびに「は？ 知らんがな。載せんなや」と思う半面「死ぬほど羨ましい…」と思う。「いや、違うし。別に強がってないし」みたいな自分も2割くらいはいる。嘘《うそ》。10割。

SNSカップル知らんがなランキング6位は「○○と付き合いました！」報告。知らんがな。なのに、ついリプ欄を覗《のぞ》いてしまうと「え〜！ おめでとう😍」とか「また話聞かせてよ〜！」なんてリプが送られてたりする。ったく、「心

の底から祝ってねえクセに」って心の悪魔が言う。

カップルたちも自分たちが「幸せな投稿」をすると、確実に反感を買うってわかってるし、**それは非リアにケンカを売ってるわけでもなく、よく言われる「承認欲求《しょうにんよっきゅう》」だけでもなくて、多分、目の前いっぱいの幸せを両手で抱えきれないんだと思う。**

「幸せ」が手に入ると、不必要なモノは目に映りにくくなる。だから「自慢するな」とか「のろけるな」的なことを言われても、気にならなくなるんだろうな。本当に羨ましい。正直に話す。もし自分に素敵な恋人がいたら、絶対にツイッターやインスタで自慢したい。

さっきのひがみも、カップルからしたらアリンコみたいなもんなんだろうなあ…と思いつつ、今日も幸せそうな投稿に一応「いいね」だけしてみる。

違う誰かを「好きになろう」とする恋は恋じゃねえ。拷問《ごうもん》だ

心にずっと居座り続ける意地悪な人がいる。「出てってよ」。何度そう願っても、心から出ていってくれない。

本当は出ていってほしくないのかもしれない。本当は納得がいっていないだけなのかもしれない。「あの時、ああ言ってれば」「ちゃんと会いに行ってれば」「意地を張らなければ」…。**納得がいかないって、そういう後悔に踏ん切りをつけられていないことだ。**

失恋した時、バイトの先輩にこう言われた。「女の傷は女で癒《いや》せ」。失ったら

代わりを探せばいい。その時は楽観視してたし、なんの意味もないとわかってたけど、微《かす》かな希望（忘れさせてくれるという）を抱いて、何人かと関係を持った。でも、ごはんに行って、帰り道に「楽しかったね！　また行こうね！」なんてラインが来るたびに違和感が生まれる。何か違う。人を忘れるために違う人にすり寄る行為の虚しさに嫌気《いやけ》がさしてくる。

「多分これじゃ、余計に忘れられなくなるだけだなぁ」

寂しいってこのことか。自分が求めてるのに相手は返してくれない。

エゴの塊《かたまり》の感情が「寂しい」だ。

振られた直後の記憶はあまりない。何をしてたんだろう。何をすれば正解だったんだろう。いまだにわからないけど、違う誰かで傷を癒そうとするのは違う。失恋した人を忘れようとするのは無理。

違う誰かを「好きになろう」とする恋は恋じゃねえ。拷問だ。

恋愛を「めんどくさい」
って言うのは
「(傷つくのが)

めんどくさい」
だから
優しくしてください。

片想い中のクリスマスとバレンタインの正しい対処法

「クリスマス」「バレンタイン」「イルミネーション」。

この3つの言葉を聞いただけでため息が出る。恋人がいない人間を鬱《うつ》にする3大イベント。

世間的には、明るくて少し甘酸《あまず》っぱいようなイメージだけど、そんなモノは知らん。街を飾るイルミネーションも道行く人を歓迎しているように見えるけど、非リアにはまぶしすぎる。周りのカップルもまぶしいし、隣《となり》には誰もいないし、とりあえずバイト。みたいなのが、ここ数年続いてる。

そもそも「クリスマス＝恋人と過ごす」みたいな方程式が間違ってる。**幸せの定義を決めつけてんじゃねえ。恋人がいないなら大事な友人と過ごすのもいいし、家族とケーキを食べるのも、全部素敵だ。**嫉妬じゃないよ。本当に思ってる。嫉妬じゃないから。

そして、クリスマスを乗り切るとやってくる、バレンタインという謎《なぞ》のイベント。小学校の頃、朝早くに自分でチョコを持っていって机に仕込んで、1時間目が始まる前に「あった！」なんて自作自演をした思い出がある。なんて悲しい。全米が泣くのも納得だ。まあ、バレンタインなんて「お菓子がタダでもらえる（かもしれない）平日」くらいに考えないと非リアはやっていけない。

冬は「寂しい欲」が刺激されるけど、「イベント彼女、イベント彼氏（イベントのために作る恋人）」を作るようなダサい真似《まね》をするぐらいなら、1人でいた方がいい。どうせすぐ別れるんだし。

いい片想いとか悪い片想いなんて
答えはないけど、想いが相手にとって
「肩重い」になりたくない。
「この気持ちに応えろ!」って
押しつけても

相手の負担になるだけで、
結局うまくいかない。
自分の気持ちを伝えたい時ほど
相手の立場に立って考えられる人は、
きっと素敵な片想いをしてるんだろうね。

恋愛は「嫌いな自分」が出てくるからイヤだ　めんどくせえ

片想い中って、なんでこんなに苦しいんだよ。普段なら気にしないことに死ぬほどヘコむし、人間関係もうまくいかない気がする。とんでもなくセンチメンタルになってしまう。

ガラスのハート？　いやガラスの強度があれば大丈夫。片想い中は発泡《はっぽう》スチロールくらいの強度しかない。壊れやすくて脆《もろ》い「色んな意味でメンタルが脆すぎる自分」が出てきてイヤになる。

片想い中の人間を殺せるワードランキング2位で有名な「あの人、好きな人いるらしいよ」とか、13位の「今は恋人とかいらないんだってさ〜」とか、そんな一言で簡単に死ぬ。好きな人の何気ないセリフ、「髪型変えた?」で天まで昇って、「友達だもんね」で地獄に落ちる。

一日の気分も浮き沈みが激しすぎて、はたから見たらかなりヤバいヤツ。

恋愛はシャブだ。ツラい思いが8〜9.5割を占めるのに、0.5〜1割の楽しい気持ちや嬉《うれ》しさが、また人を動かす。

「なんで付き合ったりしないの?」と聞いたら「めんどくさい笑」と答える人はたくさんいるけど。そういう人は、**過去に恋愛で人生で忘れられないくらいの傷を負ったんだろう。**勝手な想像だけど。

「恋愛は人を生かす。失恋は人を殺す」。

どこかで聞いたようなセリフが胸に刺《さ》さる。

3回デートに行ったのに付き合って

くれなかった人を
「裏切り者」
って呼んでる。

「倦怠期《けんたいき》＝相手が完璧じゃないって理解する時期」って考えるとめちゃくちゃ素敵じゃない？

付き合いはじめの最初の3日間くらいは、幸福感ととりあえずミッション達成の満足感の両方で、体がいっぱいになる。

実感が湧《わ》かなくてどこか自分じゃないような、他人事のような、あのフワフワした感じ。で、3ヶ月超えるまでは「卍リア充最高卍」ね。多分、3ヶ月くらいまでは片想いの時の「無条件に好き」って気持ちが続くんだ。

そして、カップルの鬼門《きもん》と呼ばれる「倦怠期スタートの3ヶ月目」が来ると、今までの「好きの気持ち」が嘘みたいに、その人の「本性《ほんしょう》（※イヤなところ）」

が見えはじめる。いや、そこしか見えなくなる。

一気に「現実」って感じの3ヶ月目。

だけど、そこがスタート地点なんだと思う。現実の中に「好きでいられるところ」を見つけていくのも恋愛の醍醐味《だいごみ》だし、片想いと同じくらい難易度が高いけど楽しいものだから。

「完璧な人はいない」ってよく言うけど。「倦怠期＝相手が完璧じゃないって理解する時期」って考えたら、めちゃくちゃ素敵じゃない？　まあ理想は付き合った直後の浮いてるような幸せをず〜っと持続させたいんだけど。いかに現実を見つつ、相手の素敵なところを見つけ続けるのか。これをできるようにならないと、いい恋愛をするのは難しいんじゃないかなって思う。

付き合ってからどんどん好きが加速する恋愛をしようぜ。めちゃくちゃ難しいけど、絶対楽しいじゃん。

「元恋人のSNS」を覗くことは精神的に悪すぎるなんで自分から傷つきに行くんだよ

元カレのツイッターを覗いてヘコんだ経験ある？　あるよね？　俺ももちろん、元カノの「いいね」欄を見てメンタルが死んだことが何度もある。見た瞬間、猛毒みたいな絶望感とか、謎の焦《あせ》りに振り回される。

すごく仲がよかった彼女がいた。笑った顔が誰よりもかわいくて、明るくて。だから、振られた時はこの世の誰よりもメンヘラ化したし、家で天井ばっかり見てた。

数ヶ月後に「ダメだ…」とわかっていながら覗いてしまった、彼女のツイッター。リプ欄を見る。「よし、誰とも絡んでない…」みたいな意味のない安心感を胸に「いいね」欄を見た。

他の異性への「いいね」。他の男と遊んだと匂《にお》わすようなツイートへの男からの「いいね」。それを見た瞬間、ゾワゾワッとするような絶望感に襲われた。**「いいね」だけで遊んだヤツを特定できちゃうとか、ツラすぎる。なんでこういう時に限って、勘《かん》って冴《さ》えるんだろう。**で、そのアカウントを見に行って、新しい恋人なのかなってなんとなく察して。自分よりも近い距離感にまたヘコむ。

「元恋人のSNS」には触れちゃいけねえ。あそこにはいいことなんてひとつもないし、寂しさを思い出すだけだし、絶望が詰まってる可能性がかなり高い。「触ったら爆発する爆弾」と思っていい。まあ、これからもたまぁーに何気なしに覗くたびにメンタルが死亡するんだろうけど。

「自分の幸せ」を求めすぎる恋愛は うまくいかない

たまに「俺、束縛《そくばく》してくれる女の子好きだよ」ってドヤ顔で話す男がいるけど、あれは嘘だ。本当に束縛したら、すぐさま逃げだす。「他の子とラインしないでよ〜」って軽く言われるくらいならかわいいけど、深刻な様子で言われたら逃げたくなるんだよね。

「自分のモノにしたい」って気持ちから全てが始まる。地位も名誉も、金も恋も。一番やっかいなのは恋愛。どうしても恋人に対しては（友達に対しても多少）「独占欲」を抱きすぎてしまう。

「自分だけを見てほしい」「他人に汚されたくない」って。ここまではＯＫ!!　正常！　だけど、それを行動にしてしまうと「束縛」になる。

ってドヤ顔で話す俺も。昔は彼女に「男と話さないでよ！」「ラインしないで！」ってかなり重めの束縛をしてた。日常生活の中で男との接触を禁じるって、なんかの宗教かよ。タイムスリップして当時の彼女に謝りたい。

「束縛」は字の通り、相手を「縛りつける」。恋愛は２人で気持ちのバランスをうまく測りながら進めていくモノなのに、「自分だけを見てほしい」ってワガママな気持ちが出てくる。相手の気持ちを考えきれなくなって、だから、うまくいかなくなって当たり前だ。

「不安になるから仕方ないじゃん！」って言い訳をしたくなるけど、そこで相手を信用するか、束縛するか。相手を信用できる人が「カッコいい人」だと思う。愛を確かめる本当の方法は束縛じゃない。

電話したあと、
ツイッターに「楽しかった」とか書くの、
好きが溢れて止まらないからやめてほしい。
毎日苦しい思いや悲しい気持ちを
背負って生きてるんだから、
恋がうまくいってる時くらい自慢したい。

ツイッターにラインの「通話画面」の
スクショを載せたいし、
「昨日遅くまで電話しちゃったから眠い…」
みたいな自慢もしたいし、
ぶっちゃけ「幸せなんだな」って思われて
優越感に浸りたい。

個人的に電話のよさだと思ってるのが、
切る間際の「寂しさ」。
「あ。もう切る時間だ…」とか
「直接会ってる時にはとても話せないこと」
を話したあと、とか。
電話でしか感じられない空気感。
「幸せだったなあ」って気持ちが
強ければ強いほどクセになる。

今日も、
好きな人と全力で楽しんだ
電話を切る間際の「寂しさ」
を味わいたい。

好きな人の恋を応援するふりをして奪《うば》うってのも「the女」って感じでなんかイイ

恋愛がうまくいかない時は、だいたい自分に原因がある。自信がないとか、信じることができないとか、重くなるとか。基本、最大の敵は自分。だけど、たまに完全なライバルが登場する場合がある。それが好きな人の「好きな人」だ。こいつは手強《てごわ》い。ぶっちゃけ、どんなにいい人でも腹立つし嫉妬するし、それが自分と仲いい人ほど、むずがゆいような、どうしようもない感情になる。

好きな人に好きな人がいる時に何がツラいかって、やっぱり自分と

同じような苦しい気持ちを好きな人も抱いてるってところ。片想いの苦しさは自分が一番わかってるからね。好きな人がその相手と話して一喜一憂してるところを見なきゃいけないのはツライ。特に、喜んでたりすると「ああ、好きでいていいのかなあ…」なんて寝れなくなる。

相手の幸せを願うなら、諦めたらいいだけ。なんだけど、相手が付き合うまであえて全力でサポートして、相手に自分の魅力を感じさせたり気づかせて、途中で気持ちを奪う。捨て身だけど、そんな方法もあると思う。

そういうのよくないよ！っていうアドバイスは、今は聞いてないから。

好きな人が自分以外の人に引っぱり回されてるところを見て複雑な気持ちになって、勝ち目がないと思ったらキッパリ諦めるのもカッコいいけど、応援するふりをして奪うってのも「the 女」って感じでなんかイイな。

責任は取らねえけど応援はする。

「は…？　こいつ浮気してる…？」って疑ったら、ＣＩＡ並みの捜査能力で相手を調べる。めちゃくちゃ惨《みじ》め

浮気してる友達をたしなめたら「しょうがないじゃん笑　好きなんだから笑」って言われて、「確かに…」って答えちゃった。いや、違う違う。「好きだからしょうがない」って理由は１人にしか使っちゃいけないいだろ。**この理由を複数に対して使う人間がいるから「浮気」がなくならないんじゃん。**

付き合ってる相手が「浮気してるかも…」なんて疑うのは、ほんとしんどいしマジでクソだるい。でも、相手の周りに自分よりも魅力的な異性がいたら、

もう脅威《きょうい》にしか見えない。嫉妬するわ焦るわ。で、気づくと起きてから一日中SNSをチェックしてる自分がいる。

今どこにいるのか？　誰といるのか？　FBI、いやCIA並みの捜査能力で相手を調べる。めちゃくちゃ惨めだ。

その焦りが伝わると、余計に相手に余裕を持たせちゃったりする。この「余裕」が危険なんだ。結局、ナメられて浮気される可能性が高まることになるから。

皮肉だね。「好き」の気持ちが多すぎると、相手を悪く変化させてしまうなんて。

あえて言おう。「浮気」は弱いヤツがすることだ。1人に絞《しぼ》れないなら付き合うな、チンカス野郎。誘惑に負けて大切な人を傷つけることがどれだけ弱いことなのか、さっさと知れよ。

あ、もともとそんな大切じゃない？　じゃあ付き合うな。

自分が「本命」だと思ってたのに
「遊びだった」って
あとから知ってしまった時は最悪。
わかった時は怒り狂った。
相手に、そして何より自分に。

だって相手の「軽い言葉」を
見抜けなかったから。
「自分を軽く扱った相手と、
それにホイホイ乗ってた自分に
腹が立ったんだ」

「幸せになれよ」って言ってくる本人が不幸の原因の確率が高すぎる

別れ際に決して言ってはいけないセリフがある。

「幸せになれよ」ってヤツ。

この言葉を言った者は罪に問われる。いや、問われてほしい。問われろ。

不幸になってる原因はお前だよ。

こっちはお前のせいで地獄に突き落とされたんだよ、ちくしょう。単純にそんなセリフを言われた自分も恥ずかしいし、情けないけど。でも、ぐっと気持ちをこらえたあの頃の自分を抱きしめたい。

一番ムカつくのは、そのセリフを言った本人も、こっちが「自分と幸せになりたがってる」って知ってるところだ。知ってるにもかかわらず、なーにが「幸せになってね」だよ、バカ野郎。口に牛乳拭《ふ》いたあとの雑巾《ぞうきん》入れたろか？

万が一、マジで幸せとか願って言ってくれてるとしたら申し訳ないんだけど、振られた側からしたら、ただの皮肉にしか感じないから…。ああ、今思い出しても悔しいし、泣けてくる。そんなこと言われても、すぐに諦められるほど単純でもないし。

これから先も、大切な人ができて、付き合って、そして別れるタイミングが来たとしても「幸せになってね」なんて言いたくない。**本当に思ってても、それが優しさでも絶対に言わない。そのセリフが相手をめちゃくちゃ傷つけるって知ってるから。**

ねしって?
こっちはお前

と幸せになりたかったんだよ。バーカ！

どうでもいい人とセックスを繰り返していると本当に好きな人を信用できなくなる

どんなにいい人と付き合えても、相手を信用できない恋愛は地獄だ。安心できない毎日なんて耐《た》えられない。

そもそも、「信用」の根本が相手が原因じゃなかったりするしね。

どうでもいい人とセックスを繰り返す↓貞操観念《ていそうかんねん》の低下↓周りには似たような人が集まる↓そんな人しかいないのかな?と不安になる。

超簡潔にまとめると、こんな感じ。キープがいないと安心できなくなったりしてるなら、かなり重症。

浮気だって同じで「自分はしてるけど相手はしてない」なんて言い切れる自信が持てなくなる。自分より顔がいい人なんていくらでもいるし、この世には「絶対」なんてないし、何よりその場の勢いで…なんて本当に相手を信じるのが難しくなる。自分が同じ立場なら断り切れる自信がないからなんだけど。

そして、その自分の自信のなさの矛先《ほこさき》は、いつの間にか相手に向いた。

「相手が信用できない」じゃなくて「自分を信用できない↓安心できない↓相手を信用できない」になるんじゃないかな？ 俺はバカだから、難しいことはわかんないけど。

軽い気持ちでセックスをすると、将来、本当に好きな人ができた時に、その人を信用できなくなるリスクが少なからずある。本当に好きな人と付き合えた時、その相手すら信用できなくなるって悲しいよな。

喜んでセフレになってボロボロになって帰ってくるお前らメンヘラはなんの武者修行をしてるんだよ

メンヘラは本命の相手に振り向いてもらえないとわかると、2番目を見つけて依存《いぞん》しようとする。「かわいいよ」「好きだよ」そんな甘い言葉をかけられただけで、抱かれてしまう。その男に抱かれるたびに、**相手に求められてるんだって、どこかで期待して安心する。**

でも、相手の男はセフレとしか見てなかったりする。思ってなくても「好きだよ」って言える男はいくらでもいるから。そこに愛なんかない。

絶対に彼女になれないってわかったら、今度は「好きじゃないなら、なんで抱いたの?」ってまた悩む。喜んでセフレになったクセに、ボロボロになって帰ってくる。いったい、なんの武者修行をしてるんだよ。

女友達によく「男は好きじゃない女の子でも抱くの?」って質問されるけど、答えはYES。「男は抱く」(全員じゃないけど)。**セックスした相手が、自分を愛してくれてる。そんなの妄想《もうそう》でしかない。セフレからの優しさは「愛情」ではない。悲しいけど、これが現実。**

「どうでもいい人とセックスしても、一時的じゃん笑」って自分にツッコんだりするけど、他にすがるものがない時に、今度こそ満たされるかもって魔が差す。そのうちに、いつの間にか周りから「ヤリマン」って呼ばれるようになってる。気づけよ。寂しさのたびに、自分の**自信**と**価値**を下げるようなことをしているのに、1人の男が「この人を大事にしよう」と思うわけない。

寂しいという心の穴は、セックスでは埋《う》まらない。

人生で何度も訪れる
寂しい夜を、

1人で超えられる
女の子はカッコいい。

「友達に戻りたい」っていう別れのセリフってズルすぎる

「友達に戻りたい」って振り方をしたことがあるヤツ、普通に聞いていい？

本当に友達に戻れると思ったの？

別れたあとも友達としては関わりたいとか、一度好きになった相手とキッパリ関係を断つのが難しいって気持ちはわからなくもない。**本当に友達に戻れるなら**（※ここ重要）戻ればいいと思う。

でも、そんなの無理じゃん。そもそも、男女の友情なんてほとんど成立しないんだし。こう言い切ると「男女の友情はある！」って言い返してくる人が必ずいるから、あらかじめ言っておく。ほとんど、ね。

本気の恋ほど、キツい捨てゼリフで強制的に終わらせてほしい。

振る時に「優しさ」なんていらねえんだよ。「友達に戻ろう」ってのは優しさでもなんでもない。期待を捨てきれないし、気まずいし、周りは気を使うし、こんな残酷なモノはない。

「友達に戻りたい」って振られた時に、「友達でいられなくなったから付き合ったんでしょ」って返した女友達の話を聞いたことがあるけど、「なるほど」って納得した。

もうさ、「友達」なんて都合のいい言葉は出さずにスパッと振ってくれよ。もう脈がないならそう言ってくれよ。振る時くらい「悪役」になって、もう二度と好きになれないくらいキッパリ振ってくれ。

最後くらいワガママ言わせてくれよ。

好きな人を忘れる方法があるなら教えてくれよいくらでもお金は払うから

本気の恋が終わった時って、終わったってわかってても認めたくないし、そんな簡単に「大好きだった人を忘れる」なんてできない。うん、できるわけがない。毎日楽しかった頃のラインを見返して、「あの頃に戻れたら」って落ち込むし、相手のSNSを見ては、そこにもう自分の居場所がないことを確認してまた落ち込む。

友達と関係ない話をしてても、頭に全く入ってこないから話が盛り上がらないし、カラオケで誰かが歌った失恋ソングを聴いて泣きたくなるし。「ここ、前に一緒に来たな…」とか、近所の公園を見ただけでも思い出しちゃうし。あらゆるモノが地雷になる。

そもそも「好きな人を忘れたい」のか「忘れたくない」のか。どっちなんだよ。少し時間が経《た》って落ち着いてからも、ふとした時に思い出すのは止められないし。その思考回路、新しい恋には邪魔でしかないってわかってるのに。

「好きな人を忘れる方法」があるなら、教えてくれよ。

いくらでもお金は払うから。

きっと忘れる方法はないんだと思う。たとえ今は「絶対に忘れてやる」って気持ちだとしても、デートした風景や言われたセリフを、無理に忘れなくてもいい。**受け入れられる日が、いつか来る。**

きっとそれまでの時間の長さが、その恋の深さなんだと思うよ。

結局、何年も君の

代わりを
探している。

There is
no way
I could forget
this love.

第2章

There is no way I could forget this love...

本当は「好きな人」とか「彼氏」じゃなくて「安心感」がほしいんだよね

There is no way I could forget this love.

could forget this love.

There is no w

好きな人ができた時、友達に「応援してね！」じゃなくて「邪魔したら許さねえからな」ってハッキリ言えよ

女の人間関係って、男の6倍くらい大変だよね（知らんけど）。「組織」「秘密」「縦社会」の3つが重要な要素。孤立＝死。「好きな人ができた」の報告をしないで1人で動くと、「なんで言ってくれなかったの!?」とか「友達だと思ってたのに！」とか言われたりする。で、「うるせぇ！　人の恋愛に口出してくんなバーカ！」ってセリフを吐《は》きそうになって、飲み込むところまでがセット。エライ。素直にエライ。

「好きな人できた。応援してね！」は早い者勝ちのセリフ。あとから

言おうものなら「裏切り者、卑怯者《ひきょうもの》」のレッテルを貼《は》られる。「好き」って気持ちはいきなり現れて、止めようもないのにね。

「応援してね」の直訳は「邪魔すんなよ」なんだけど。ならもう、ハッキリそう言ってくれよ。「応援」ってなんだよ。優しく「裏切るなよ」って伝えてんじゃねぇよ。

男は仮に好きな人が被《かぶ》ってしまった場合、恨《うら》みっこなしか、双方の話し合いでどちらかは「譲《ゆず》る↓応援」という形になる（実話）。で、その場に立ち会う外野は、その話し合いを聞きながら、「あ～今日の晩飯、何かな～」なんて頭を悩ませてるわけ。

それが女の子の場合は、だいたい（ここ重要ね、だいたい）は早い者勝ちだし、好きな人が被ろうものなら戦争だ。そんなめんどくさい日常を生きてる女の子たちに「頑張ってください」の一言を送らせてください。

久しぶりに会う女子同士が
「好き」
「かわいくなった！」

って言い合うのを
「ライアーゲーム」
って呼んでる。

「私 ジム行くから！」ってわざわざダイエット宣言する女の子絶対に痩《や》せない説

夏頃になると「ダイエット始めなきゃ！」「痩せたい。水着着れない！」って投稿がツイッターとインスタを埋めつくす。毎年夏に「痩せる痩せる！」と鳴く女の子を見ると「お前、セミみたいやな」とツッコミを入れたくなる。同じことを毎年同じ時期に言うあたりがね。

でも本当の「勝者」は春が始まる前にダイエットを始めて、夏には体型を完成させてる。残念だけど、勝敗は夏が始まる前に決まってる。

バイト先の女の子が「私！ ジム行く！ 本気で痩せる」って宣言してた時

も、2ヶ月後「前言ってたジムの件どうなったの?」って聞いたら「あ、もう行ってない」って笑ってた。何をわろてんねん。日本だからダイエット詐欺《さぎ》をしても無事だけど、他国なら命狙われてるぜ?

日本中に生息する「ダイエットするって言いつつ痩せない女の子」に共通する特徴。それは「ジムに行く!」宣言と、ツイッターで「痩せる」宣言をするってこと。え? 別に宣言してるだけじゃん?って? 違うんだよ。**一番のポイントは「宣言をした=痩せる意思を見せた」で満足してるってこと。**「ダイエット宣言=ゴール」だから痩せられない。まあ、こういう

女の子は高確率で性格がいいから好きだけど。

だけど、いいのか? お前らがソファに座ってピザポテトを食べてる間、勝者はランニングをしてる。今年の夏は「水着」か「セミ」か。運命をねじ伏《ふ》せろ。かわいい水着姿、期待してます。

女の子は「ムチムチしてる」
くらいが一番かわいい。
モデル体型もいいけど、

男は素直に「ムッチリ」が好き。
あ！　でもそこのデブ！
お前は違う。走ってこい。

女の子は「他の女と一緒にしないで」願望が強すぎるかわいいからいいけど

「他の女の子と一緒にしないで」。男目線で言うと、こういう強気なことを言ってくる女の子は、控《ひか》え目に言ってめちゃくちゃかわいい。ちょっとしかめっ面で言われると、もうかわいい。

前に付き合ってた人は、よく「元カノとどんな所にデートに行った？」と聞いてきた。そして、その場所には絶対に行かなかった。「使い回しのセリフはイヤ」って言われた時は、「逆にそのセリフがイヤだよ、バカ野郎（かわいい…）」って思ったりもした。

そんなこと言ったらうざがられるから言えないって言いつつ、黙ってオーラだけを発するのも、めんどくさいけど、でもかわいい。**「彼女」という立場に異様にこだわるところに、愛を感じるから。**

だから、ラインは一番に返すし、他の女の子との電話も控えるし、他の予定よりも何よりデートを最優先させる…っていうのはちょっと誇張しすぎたけど、その気持ちに応えたいと思うのは素直にほんと。

誰かと一緒にされるのはイヤだし、比べられるのはもっとイヤだ（自分はめちゃくちゃ比べるけど）。その人の中で唯一の存在になりたいって願望は、とても暴力的で素敵だ。

ガマンしすぎて勝手に悶々とするくらいなら、殴《なぐ》りつけるような好意を相手にぶつけてみるのもいい。ていうか、じゃないなら、付き合ってる意味なくない？　ただし、ワガママになると男は逃げます。健闘を祈る。

本当にモテる女の子は無意識のうちに他人の好きな男を奪っていく

「自分の好きな男が好きな女」ほど憎《にく》らしいものはない。しかも、そのモテる子は、無意識に周りの愛を集めてる。**いくらその他大勢が頑張っても、ただ「かわいい」だけの子に敵《かな》わない。**

学年でも上位に入るような美女たちはだいたい、一部女子からものすごく嫌われてる。**理由は簡単。モテすぎるから。**かわいい子はカースト上位の女の子が好きな「人気の男」から好かれる。社会では出る杭《くい》は打たれる、どころか沈められるから怖い。

「顔がかわいい＝性格が悪い」みたいな方程式があるけど、あれは嘘だ。実際、そういう女の子はプライド高そうで近寄りがたいイメージがあったけど、話してみてわかったけど、実はみんな悩んでる。ほぼ全員、他の女子からいじめられたり、ハブられたりしたことがあるから。

思ったんだけど、やられる痛みを知っている分、人に優しい人が多いんじゃね？　実際、理由なく人に冷たくしたり嫌ったりしないし、サバサバしてる子が多い。多少プライドは高いけど。

ま、奪われた側からしたらたまったもんじゃねぇよ！って感じだし、めちゃくちゃモテてるヤツは気に食わねぇ。しかも、かわいいだけでもムカつくのに、性格までいいとしたら、さらにムカつく。そんなもんだ。

まあでも、美女だってこういう無意識の被害にあってしまうって知ってるだけでも、ちょっと気がラクになる。性格わりい。

冬の帰り道は
好きな人を思い浮かべながら
音楽を聴くのが楽しいから、
長い方がいい。寒いけど。
片想い中の冬の帰り道って楽しすぎない？

好きな音楽を聴いて
「この歌詞みたいな恋愛できたらいいなあ」とか
「今日も話しかけられなかったクソ！」
って過ごす時間。
めちゃくちゃ楽しい。
寒い風が顔にぶつかってくる。
恋が成就《じょうじゅ》するのも気温と同じくらい低い確率。
でも、あの時間がすごく好きだ。

〝今〟と同じ恋はもう二度とできない。
だから、全力で恋するしかないし、
恋したい。
片想いの帰り道くらい、
思い切り自分が主役で浸らせてほしいじゃん。

うまくいった日の帰り道は
Aqua Timezの「等身大のラブソング」
なんか聴いたりして。
好きな人の前で何もできなくて虚しい日は
back numberの「ヒロイン」
を聴いて、
悲劇のヒロインを演じるのもアリ。
今日も最高の帰り道を。

「言いたいことあるんなら言いなよ！」って怒るのやめてください 言ったら言ったで今の50倍くらい怒るのもやめてください

この際ハッキリ言うけど、恋人とケンカした時に「もういいっ！」ってセリフ、禁止にしません？　だって、本当にもうよかったことが一度もないじゃないですか？　よくないのに話し合うのやめるから、余計にこじれるだけじゃないですか？

ごめん…「もういい」ってセリフに恨みがありすぎて、早口になっちゃった。

「もういいよ」って言葉を投げつけられたら、こっちだって「あ〜また始まったよ、めんどくせえ…」になっちゃう。自分だってそう言いたくなることあるけど、言っても解決しないってわかってるから黙ってガマンしてたりする。これからは「もういいよ」って言うのはやめて、納得できるまで話し合ってくれ。ってそれも難しいのかな…。でもこれ以上、被害者を増やしたくない（「もういいよ」被害者の会・会長 ニャンからのお願い）。

あともうひとつ、女の子は「言いたいことあるなら言いなよ！」ってよく言うじゃん？　で、その通り言ったら怒るじゃん？　ま、女側からしたら「なんで怒るのか、そのくらい察しろよ」ってことなんだろうけど。

頼むから、ちゃんと言ったら怒らないでください。男は女の子より気持ちを表現するのが苦手だから、言うだけでも結構いっぱいいっぱいだったりするから。「あ？　なんだその言い方…殺すぞ」くらい腹立つかもしれないけど、**多分その男、悪気ないです。**

女の子が「ヒマ〜誰でもいいからDMして〜」ってつぶやく時は「※ただしイケメンに限る」が隠されています

たまにツイッターで「いいねした人DMいく♥」「ヒマな人、話そう〜」っていうのあるじゃん？　**あれさ、もう自分の中では話したい人がいるんだよね。**でも、その人に自分から直接的なアプローチはかけられないから、その人から「いいね」を待ってるんだよね。そうなんだよね？　「いいね」してもDM来たためしがないから、そう思うことにしてる。

まあ「好きな人枠」だけじゃないとしても、残りは「イケメン枠」のみ。ほしいのは、この2つに入る人たちからの「いいね」だけ。そして、両方から来た時は迷わず「好きな人」を取る。あれをまじめに受け取って「いいね」しても、恋は始まらないって最近気づいた。

「カッコいい」とか言われると、男は「付き合えるのかな⁉」「ヤレるのかな⁉」とか期待しちゃうけど、女の子の中の「カッコいい」と「好き」は似てるようで全くの別物。気をつけないと、ただの勘違い野郎になるから恐ろしい。

イケメンは、ただの目の保養だったりする。「隣にいてほしい人」と「見ていたい人」が違うようにね。でも、ツイッターであんなに遠回しに言われても男はわかんないからね。言っとくけど。

『好きな人≫イケメン＞男友達＞ブサイク』っていう女の子の方程式は、テストに必ず出るから覚えておかなきゃならない。ちっ。俺もイケメンに生まれて「ヒマな人話そう～」なんて、かまってちゃんの女の子に「いいね」したかったよ。ふざけやがって。

イケメンが「女はラインを
既読無視《スルー》したら
何度も送ってくるもんだよ笑」

って言ってたから、
俺も真似して無視したら
誰からもラインが来なくなった。

女子の8割はメンヘラ疑惑

女子の8割はメンヘラだよね。好きな人ができて、付き合えて、でも相手はあんまりこっちを見てくれなくて。必要とされたい。大事な人になりたい。私がいなきゃこの人ダメなんだって思われたい。**もっと愛されたい。求められたい。もっと私を見てよ。私だけを見てよ。**って止まらない。

他の女と笑って話してるのを見ただけで、めちゃくちゃムカつくし、発狂したくなる。で、「もういいよ」ってわざと冷たくして、相手が「ごめん、〇〇ちゃんが一番だから」って言ってくれるのを期待する。そういう子に限って、自分は他の男と仲よくしてたりするんだけどね。

気づけよ、自分はたいして与えないくせに、相手には100を求めてるって。ギブ&テイクじゃなくて、テイク&テイクになってるって。

メンヘラ期は友達もなくす。常に不安だから周りに相談しまくるけど、最初からアドバイスなんか求めてないから。「こんな風にライン返してみたら?」「ちょっと距離を置いたら?」って親切心でアドバイスしても、言われた通りになんかしない。実は最初から自分の中で答えは決まってるから。「あー、わかる」「○○ちゃん、全然間違ってないじゃん」「だよねー」。そんな相づちがほしいだけ。「自己中」「かまってちゃん」「めんどくさい女」。でもそれって、メンヘラになるくらいの恋ができたってこと。こんなしんどい恋、若いうちにしか経験できない。てか、歳とってからなんてしたくねえ。

寒い冬の1人の帰り道に
「会いたいな」って
頭に浮かぶ人が、

自分を
メンヘラにした
張本人だったりする。

「嫉妬させよう」とする女は三流

好きな人が他の異性と楽しそうに話してるのを見たら嫉妬するし、自分にないものを他人が持っていても嫉妬する。それはもう、条件反射的に。したくないとか、したいとか、そういうレベルの話じゃない。自分の意思ではコントロール不可能。でも、日常で離れてくれない感情だから、もっと向き合わなくちゃいけないんだろうね。

人間の感情の中で一番めんどくさいのが嫉妬。愛を憎しみに変えるし、憧れが妬《ねた》みに変わる。

別に嫉妬は全部が全部マイナスってわけでもない。でも「嫉妬させたい」はかなり危険。マジで感情のほつれを生む。**「嫉妬する」は自分の感情に向き合うことだけど、「嫉妬させる」は相手の感情をコントロールしようとしてるってことだから。**

メンヘラは「嫉妬させたがり」が多いよね。相手を自分のエゴで引っぱり回してるって気づいてないから、最終的には逃げられる。彼氏にも「嫉妬してほしい」って重い荷物を渡し続けてると、いつの間にか相手が持てない量になるんだよ。「少量の嫉妬」は恋愛のエッセンスになるけど、適量を超えたら、それってもう毒じゃない？　自分も相手も、瀕《ひん》死《し》の危機になるまで追いつめるってツラいだろ。

「自分だけを見てもらいたい」「嫉妬してほしい」。この2つの気持ちは、取り扱い注意。その先にハッピーエンドは待ってません。

好きな人に反応してもらいたくてツイッターで病むのやめろ それで向こうから心配のラインが来たことある？

全国的に今日も寂しい夜が広がっています。好きな人からのラインの返事が来なくて寝つけない夜になる確率は80％でしょう。なんてニュースが流れてもいいくらい、みんな悩んでる。

相手が忙しいだけかもしれないし、それとも他に好きな子がいるのか、そもそも相手にされてないのか。1人で理由を考えてるとまたヘコむけど、**寂しい夜に一番やっちゃいけないこと、それがツイッターやインスタのストーリーでの「匂わせ」です。**「電話出てくれない…」「返事が来なくてへコンでます」なんて女の子にネガティブな匂わせをされたら、どんな優しい男だって「え…何」とドン引きするってのが本音。

寂しいアピールをして「かわいい…!」なんてなると思うな。「めんどくさ!」ってなるのがオチだし、余計に返事しづらくなる。「寂しい」とか「病んでる」を、その他大勢にダダ漏れさせる人を、男は決していい女だとは思いません。「またか…」で流すか「ヤリマン」と思うか。どっちかでしょ。

「守りてえ…!」ってなるのは、普段SNSでは病んでるなんて考えられないくらい明るい子が、珍しく(↑ここ重要ね)病んでる時。弱みを見せない強気な女の子や、笑顔を絶やさない女の子が弱った時、身を削《けず》ってでも助けたくなる。これは多分、男の習性。

え、そんな設定、マンガみたい? いいじゃん。だって好きなんだもん。「守りたい本能」に火をつけてください。お願いします。

寂しい夜に「元カレ」に連絡するのもやめろ危険すぎる

寂しい夜に元カレに連絡する女。他のイケメンでも優しい男友達でもなくて、なんでわざわざ元カレなのか問題。**「自分のことをわかってくれてる」安心感があるから？　頼りやすいから？　ただ、なんとなく？**

理解者に甘えたいって気持ちはめちゃくちゃわかるけど、ここでかなり残酷な話をしよう。心の準備ができた人だけ読み進めてくれ。

基本的に男は、寂しい時に甘えてくる元カノを「ヤれる」くらいにしか思ってない。特に「優しく」対応してくれる男ほどね。マジで。

もちろん本当に好きな人には、下心なく優しくする。**でも別れてるんだよね？**　もう大した関係性もないのに異常に優しかったり、話を聞いてくれたりするのは、性欲ゆえの優しさだと思った方がいい。もう他に好きな人がいたりして、ただ「めんどくさい」って態度なら、その元カレは意外に誠実なヤツかもしれないけど。

たまーに元カレから「久しぶり〜」「最近何してるの？」とかラインが来る場合。あれも直訳すると「久しぶり＝ヤらせて」「最近何してるの？＝ヤらせて」だからね。

寂しいと股《また》が軽くなる。セックスのハードルが下がる。だけど、重要なのは「そこ」だから。とりあえず、元カレに「寂しさ」で連絡するのはやめろ。なんの解決にもならないし、ヘタすると今より虚しくなる。ＹｏｕＴｕｂｅを見て夜更かしする方がまだマシ。

え？
好きな人から
ラインが返ってこない？

そりゃあ、
お前の好きな人も
好きな人とラインしたいだろ。

たとえ払わなくても、女の子の「財布を出す素振り」は何回されてもキュンとくる

食事に行ったら男が払うのが暗黙《あんもく》のルール派の女子と、割《わ》り勘《かん》の方が気がラク派の女子、「なんで、てめえに奢《おご》らなきゃいけねえんだよ」って怒る男子。今日も割り勘論争は続いてる。一度「初デートで割り勘にされるのって脈はないですか？・」って相談されたことがある。難しい問題だけど、初デートだったら絶対に女の子にお金は出させないかな。だって初デートだよ？　見栄《みえ》張りたいじゃん。**何歳になっても好きな子の前ではカッコつけたいし「イカしてる」って思われたい。**

で、ここからが本題で、出した方が後々のイメージもいいし、文句も言われないから、実際のところ、好きな女の子とじゃなくても2人でごはんに出かけたら出すようにしてるっていう男も多い（俺含む）。その方が男らしいって思ってるし、友達に「出せ」っていうのも気が引けるっていう、変なメンツもあるし。だからそれはいい。それはいいんだけど、友達関係くらいでごはんに行くなら「財布を出す素振り」はしろ。

なに無言で、会計の時に後ろで立ってんだよ。あっ、ごめん、過去の怒りが…。

「奢ってよかったなあ」ってくらいの「ごちそうさま」を言ってくれたら、それだけでウィン・ウィンの関係になれる。男は「小さな気使い」が大好物の単純な生き物。「しっかりお礼が言える」って確実にポイント高い。たとえ払わなくても、「財布を出す素振り」は何回されてもキュンとくる。

自分の知らないところで付き合ってる自慢してくれる女の子最高すぎる。ずっと好きでいさせてください

陰《かげ》でコソコソ言われた時の発言は、直接言われた時より影響がでかい。いいことも悪いこともね。**「〜って言われてたよ」**って文章をメールとかで見ただけでも**「あっ、悪く言われてたのかな…」**って不安になるくらい、**「陰で言われる=悪口」**が刷《す》り込まれてる自分がいる。

だからこそ、自分の知らないところで褒《ほ》められたら、予想を裏切られすぎて嬉しい。本人のいないところでわざわざ言う行為が、信憑性《しんぴょうせい》を高めるよね。

友達から「(付き合ってた彼女が)お前のこと、すごく褒めてたよ。大事に

してくれるってさ」って言われた時、「なんだこの女、最高じゃやねえか」って思ったし、もっともっと大切にしようって感じた。友達から聞いたことも、嬉しかったことも、彼女には恥ずかしくて伝えることができなかったけど。

のろけってあんまり好きじゃないけど、自分の恋人にはめちゃくちゃしてほしいし、ぶっちゃけ常にのろけられる自分でいたい。

人間関係でも、わざと第三者に褒め言葉を言って、その第三者から伝えてもらうテクニックがあるらしいけど、自分の知らないところで褒められてるのを知る幸せは異常だ。あれこそ中毒になるし、「もっと自分を磨《みが》こう」って思えるから、どんどん陰で褒めてください。

褒められて伸びるタイプです。

There is
no way
I could forget
this love.

第3章

There is no way I could forget this love

SNSが発達しすぎたせいで、人間関係めんどくさい

There is no way I could forget this love.

could forget this love.

There is no

「陰《いん》キャラ」と「陽《よう》キャラ」っていう立場付けがそもそもめんどくさい

学生のみんな、今日も教室という小さな箱の中で、「めんどくせえな」と思ってしまうような人間関係に悩まされてない？　数年前に生まれた「陰キャラ」という言葉、今ではほぼ毎日聞いてる気がする。実際自分も、この言葉に何年も囚《とら》われてたし。

「陽キャラ」と「陰キャラ」っていう立場付けがそもそもめんどくさい。

クラスのパリピが意見の言えない静かな人たちを「陰キャラ」とバカにする。それを止められない自分がイヤだったし、たまにそう言われる自分自身にも嫌気がさした。「おい、陰キャラ」と言われるたびに引け目を感じたし、「自分は目立ってはいけない」って意識も持ってた。そのせいで好きな人にも話しかけられなかったし、クラスの行事ごとにも参加しづらかった。

スクールカースト地獄絵図。

でも抜け出した今思うことは、学校ってすごく狭い世界だってこと。狭いから、そういうめんどくさい立場付けも生まれるんだろうけど。人生は80年として、学校に通うのは大学に進学したとしても約16年。めちゃくちゃ長いようで短いし、**世の中のほんの一部でしかないって考えると少しラクになる。その狭い世界を抜け出すきっかけは、必ずある。**

人は生きてる限り、ずっと「自分の意見」を伝え続けなければならない。「陰キャラ」のまま黙ってるって、チャンスを失い続けるってことだろ。言葉の暴力になんか負けない人になりたい。

「空気読めよ」って空気にビビりすぎてる気がする

「お前、空気読めよ笑」のトラウマ力はヤバい。1回言われただけでも「自分はなんとなくダメなんだ」と思わせる力があるし、ボディーブローみたいにじわじわきて、で、少しずつ空気を読みすぎるようになる。みんなの輪を乱すと非常識な人扱いされるから「空気を読む＝常識」になっても仕方ないけど。

空気を読むのは得意な方だったし、読んでおけば「その他大勢」に紛《まぎ》れ込めて浮くことはないってわかってた。でも空気を読みすぎると、チャンスも逃げていく。

例えば、新しく会議のメンバーを決める時とか、シーンとして誰も立候補したがらないけど、あれって全員がやりたくないって思ってるわけじゃない。本当はやってみたいけど、みんなが「やらない」の空気の中、手を挙《あ》げにくいんだよね。**多数派が作り出す常識**に逆らうのって勇気がいる。

あるユーチューバーが「好きなことをして嫌われるか、好きなことをしないで目立たないか」なんて言ってた。自分の意見を持てば多少、いや、かなり嫌われたり妬まれたりするけど、**本物の友人が残ればいい。自分が本当に言いたいことくらいはこだわりたい。**って思うけど、やっぱり空気も読んじゃう自分がいる。

海外に自由なイメージを抱くのも多分、毎日心のどこかで見えない空気に縛りつけられてるから。あ〜、海外行きてぇ！ 行ったことないけど。

「人生 楽しんだもん勝ち😂」
って言葉を考えたパリピ、
天才すぎだろ。
その通りだわ。

人生を楽しんでる人の
視界を見てみたい。
1回でいいから
あっち側を体験してえ。

好きな人たちよりも「嫌いな人たち」に気を使って生きてるどっちを大事にしないといけないかわかってるのに

「あっ、こいつ仲よくなれないな」って直感はめちゃくちゃ当たる。脳が危険信号を出してくる。例えば「自分の笑いのノリ」が一番正しいと思っているヤツ。ノリについていかなかったら「まるでお前がスベった」的な空気を出してくる人ね。

「フレンドリー」と「なれなれしい」を勘違いしてる人には、誰もお前に心を開いてねえよって気持ちになるし、初対面なのに「お前」呼びする人は、無理オブ無理。頼む、それくらいはちゃんとしてくれよ。それから、嫌いな人ができた時に「仲間」を集める人とは、マジで関わらない方がいいって学んだ。損しかしない。

そういう人と運命的に出会ってしまって、離れたくても離れられない時は、自分にイヤなことをしてくる人を「赤ちゃん」だと思い込むことで、「はいはい、いい子いい子でちゅね～」って許せる…わけないよね。ハイ。心底うざい。でも、わざわざアドバイスはしない。「クズ」は性格だから治らないんだと割り切った方がメンタルにいい。

嫌いな人たちに時間と気持ちを使っても、無駄にしかならないってわかってるのに、「悪口」を言ってる人と表面的に仲よくしてる自分もいて、ほんと「嫌われる勇気」がほしい。

どうでもいいヤツからの好感度で悩むなんて、バカらしくない？ってわかってるんだけどね。

悪口伝達係の言葉に毎回傷ついてる。

誰かの「顔色」をうかがう毎日は しんどすぎるな 「自分の顔色」を うかがうのを忘れてしまう

集団で過ごしたい時期、1人きりの昼休みはみんなの笑い声がいつも以上に大きく聞こえるし、自分の居場所が小さく感じた。「あの会話、めちゃくちゃ楽しそうだなあ」なんて思ったりしながら、お弁当のタコさんウインナーを食べて。のけ者にされないために「無難」に過ごすって心がけて、腹立つようなことをノリで言われても、「そんなことないよ〜」って引きつった笑顔でやり過ごしたり。誰かの顔色をうかがって、そこに絶対的な居場所を作ろうとしてた。会話で少しスベっただけでも「今、面白くないヤツって思われたかな…」

とか、集団の空気に異常に敏感だったし。

人の「顔色をうかがうクセ」がついたおかげで、人を傷つけてしまう数は減ったし、ヘタに嫌われることは少なくなった。それはいい。でも、逆に疑いすぎててどこか「他人事」みたいな感情を持つようになった。何が正解なんだろう。

人間関係は難しすぎる。

その集団の中で一番青ざめた顔をしてるのは「自分」なのかもしれないって気づいてから、1人で過ごすようになった。誰よりも人の顔色を気にしてたクセに、「自分の顔色」だけはうかがうのを忘れてたんだよね。

なんて書いてると「お前ハブられたんだろ！」って言われそうだけど、誰かに合わせすぎる毎日に疲れたんだもん。

1人でいる勇気を持って、孤独や寂しさに勝てたらそれが一番幸せなのかもって最近は思ってる。

頑張ることが絶対の世の中、
めちゃくちゃしんどくない？
頑張ったら「頑張った分×1.2倍」
くらいは
褒められてもいい気がする。

とりあえず、
来世は頑張ったら甘えて褒められて
メルティーキッスをもらえるくらい
優しい世界に
生まれようと思ってる。

「見た目」で人を上に見たり下に見たりするけど本当に好かれる人に「顔」は一切関係ない

「あの子よりはかわいい」「この人には勝てない」「あいつはブス」。
「見た目」で人を上に見たり下に見たり、仲間に見たり。生きていく上で「顔」はかなり重要なパーツになるって、日々リアルに実感してる。

でも「かわいい」に入る部類じゃないのに、周りからありえないくらい好かれてる女の子もいる。中身、人間性に惚《ほ》れ込んじゃうような子。惚れ込むっていっても恋愛感情じゃないんだけど。

いわゆる「いじれるタイプのブス」は、周りの男子から「おいブス」って言われても、「誰がブスやねん！」とノリツッコミして笑いに変える。そういう子は人の話をよく聞くし、自分の話はめったにしない。そして何より、人の「見た目」をバカにしない。見た目をいじられるツラさを、誰よりもわかってるからだと思う。

友達が男子に告白されて振った本当の理由が「私と付き合うと、○○君（↑告白した男子）がB専っていじられるから」だった時は、自分が「ブス」って言葉を使ってたことをすごく後悔した。いや、今でも使うんだけどさ……。

自分の「持って生まれた見た目」を受け入れて、割り切るなんてできない。イケメンになりたい願望、まだ捨ててないし。

でも、受け入れることができる強さには惹《ひ》かれる。本当に好かれる人に「顔」は一切関係ないって思いたいから。

クラスで気になる女の子と
仲よくなるのに、
だいたい2ヶ月はかかる。

でもイケメンは、
初日3時間目の休み時間には
もうその仲を超えてくる。

得意なことを「見つけられない自分」にまた劣等感《れっとうかん》を抱いて自信をなくすのってなんのループ？

「自信」という言葉を聞くだけで、なんだか引け目を感じる。イキイキしてる人たちを見るとすごく羨ましい。見た目がいいから？　頭がいいから？　運動ができるから？　いろんな理由を憶測《おくそく》するけど、多分そこに答えはない。自信がある人は他人からの目をあまり気にしてない（いい意味で）から、自分を持ってるんだろう。

姉が2人、妹が2人の5人兄妹の真ん中。長男＋男が1人って環境に生まれて、普段から周りの期待が半端《はんぱ》じゃなかった。だけど容姿も特別よくないし勉強はできない。運動も察してくれって状態。そんな自分に嫌気がさすのは当たり前だよね。**周りと比較してばかりだと、自信ってどんどんなくなってく。**

両親から「勉強を頑張れ」と言われなくなった時、ラクになったけど少し虚しいような感覚になった。

劣等感を抱いた時は、得意なことを見つけるといいとか言われるけど、でも「見つける」って言い方はすごくイヤだ。そう言われると「見つけられていない自分」にまた劣等感を抱いて自信をなくすから。デカいことは言えないけど、**必ずやりたいことが見える時期が来るから焦らなくていいじゃんって思いたい。**俺が見つけた得意なことが「ツイッター」だったんだ。クソダサいでしょ？　でも、胸張って好きだし、得意だって言えるようになったよ。あんまり他人の目を気にしなくなったから。

他人に文句を言う時は、だいたいが「嫉妬」「嫉妬」を「憧れ」に変えた瞬間、割と人生は変わるんじゃね？

幼なじみにめちゃくちゃイケメンがいるんだけど、顔もいいうえに性格もいいから、みんなに好かれてた。昔からずっと仲はいいんだけど、正直、嫉妬してた時期があった。いつも近くにいた分、ずっとモテるのを見てきたし、その隣で俺は「じゃない方」だったし、それでも調子に乗らず優しくしてくれる彼を「気に食わない」なんて思ったりもした。

自分より目立ってたり好かれてる人を見ると、たまになんかムカつく。別にイヤなことをされたり、悪口を言われたわけじゃないけど、なんかムカつく。

自分にないものを持ってる人が羨ましくて仕方ない。

でも気づいたけど、「嫉妬」しても相手が変わることはないし、自分も変わらない。ツイッターで「憧れと嫉妬は同義語」なんて言葉を見かけたけど、ほんと受け取り方次第だなあと思う。ポジティブな人は「憧れ」を抱き、ネガティブな人は「嫉妬」する。単純なことだよね。これに気づいてからは、すごい人を「すごい」、イケメンを「カッコいい」、かわいい子を「かわいい」（←これは最初から認めてたけど）って素直に認められるようになった。

「憧れ」は自分を変えるために努力する要因になるけど、「嫉妬」は他人を認めたくない（＝自分を変えたくない）と思う原因になったりする。

「嫉妬」を「憧れ」に変えた瞬間、割と人生は変わるんじゃね？って気づいたから、ここに書いておく。

「アイツよりモテたい!!」が原動力。

謝ろうとした時はいつも遅すぎる

付き合う前の両想い的な立ち位置をお互いに楽しんでた（と思う）相手に、携帯を勝手に見られて、他の女の子とのやり取りを目撃されたことがある。その子は怒って「これ誰？」って聞いてきたけど、「誰でもいいじゃん」って返した。勝手に見るのはどうなの？って思ったし。

そしたら発狂。今ならそうだよなって思うけど、ガキだったから「付き合ってないのに、そこまで怒ることなくね…？」って意地を張って、もうそれっきり。あんなに仲よかったのに、たったそれだけで終わった。

1ヶ月後に「そこまで怒ることでもなかったな」「謝った方が早い」って思い直して電話したけど、「今忙しいから」ってすぐに切られた。

正直、**謝れば許してもらえると思ってた。でも「ごめん」すら言わせてもらえなかった。**その日の帰り道はなんか空がめちゃくちゃ青くて、虚しかった。すぐに謝れば違う未来になってたけど、一瞬の意地で全部が変わるんだなあって実感した。

謝ろうとした時はいつも遅すぎる。

「怒りや悲しみの感情で動いてはいけない」とかよく言うけど、ガチだよね。その時はめちゃくちゃムカついてて「絶対許さねえ…7代先まで祟《たた》ってやる…」くらい怒ってても、だんだん時間が経つにつれて、その9割は「あ〜そんな怒ることでもなかったなあ〜」って後悔に変わる。

自分から絶交したクセに、あとから少し寂しくなる自分、なんなんだろう。

「期待」って割とワガママな感情だと思ってる

小4の時に、当時大流行していたPS3がほしすぎて、サンタさん（※母さん）におねだりした。兄妹が多くてそんなものは到底買ってもらえないってわかってたから、クリスマスに賭《か》けてた。そしてクリスマスの朝、四角いプレゼントが置いてあるのを見つけた。大発狂しながらその包みを破いて開けると、中には筆箱とキャンパスノートが入ってた。

一瞬、何が起こったのかわからなかった。PS3を頼んだはずなのに…。そして泣いた。一日中泣いた。サンタさんに「期待」してたのに裏切られたから。

って長めの思い出話はいい。**「期待」は勝手に舞い上がって、勝手に傷つく感情ってことを言いたかったんだ。**

家族や友人、そして恋人まで、「こうしてほしいなあ」って思うことって、毎日尽きない。でも同時に「期待」って割とワガママな感情だとも思ってる。自分の中で勝手に、相手の容量を超えたものを求めがちだから。

誕生日に彼氏から高価なプレゼントをもらえると思ってたのに、安物が来たらガッカリしたりするでしょ。今までいっぱい尽くしてきたのに、なんで？って。自分がしてきたこと分くらいの価値がないと、「あぁ、自分は相手の中でこの程度の存在なのか…」って感じてしまう。

まあ、勝手に期待しただけなんだけどね。

かと言って、相手に期待しないで生きるとイマイチ楽しめない毎日になったりするし…。ここの調整クソ難しいな、おい。

と「期待」。

何をやっても嫌われるんだって考えるとラク好きに生きないと損でしょ

こんな言葉をネットで見かけた。「世の中の2割は何があってもあなたの味方。6割はあなたに興味がない。残りの2割は何をしてもあなたを嫌う」。初めて見た時は「なんで悪いことしてないのに嫌われないといけないんだよ。意味不。ふざけんな」と思った。だけど、歳をとるごとに本当だったんだなあとよく実感する。

クラスの行事に積極的に参加する人を、応援する人もいれば、「勝手にしろよ」って人もいる。「なんでお前なんかがやるんだよ」と、自分は何もしないけど文句を言う人もいる。テストでいい点を取ると、大抵の人は「すごいね」と言うけど、「なに自慢してるの？」と言ってくる人もいる。

最初は、こういうヤジを飛ばしてくる人たちにも「好かれよう」としてた。**「誰かに嫌われている自分」がずっとイヤで仕方なかったあの頃が、一番病んでたと思う。でも、そばにいてくれた友達が「誰もが誰かに嫌われてるよ」と言ってくれた。**

みんなに好かれてる人間は、いそうでいない。これはマジ。世界中のどこを探してもいない（と思う）。**生きている限り「誰かに嫌われる」なら、好きに生きないと損でしょ。**

自分を嫌ってくる人じゃなくて、自分を大切にしてくれる人だけをとことん大事にしたい。そうすれば自分を好きでいてくれる人たちが増えると信じてる。わざわざ「理由なく嫌ってくる人」に目を向けなくていいよね。

誰もが
「誰かに
嫌われてる」。

There is
no way
I could forget
this love.

第4章

There is no way I could forget this love.

もういっそのこと、幸せになりたい

There is no way I could forget this love.

could forget this love.

There is no w

気になる人から「最近かまってくれない」って言われた時の申し訳なさと幸福感を味わいたい

付き合う前の両想い状態って、なんであんなに楽しいんだろ。あの「いい感じ」期の時に相手から「最近かまってくれないね」って言われた時は「もしかして、自分イケメンなんじゃね…？」ってくらい調子に乗った（そのあと、鏡を見て正気に戻った）。

嬉しかったんだ。自分が相手にとって「必要」で「求められてる感」がすごく嬉しかった。これを言われたら「めんどくさい」って思う人も全然いるだろうけど、**そのめんどくさいも含めて、自**

分は与える側だって自覚する時、優越感に似たような嬉しさを覚える。

まあ本当に「めんどくさい」って思ったら、多分その恋愛は賞味期限切れなんだけども。我ながら「どっちやねん」ってツッコミたいくらい矛盾《むじゅん》してる。

ラインが少ないから言われたのか、電話が少ないから言われたのか、会う回数が少ないから言われたのか覚えてないけど、このセリフは言われちゃいけないのに言われたい。矛盾。

でも恋愛に「矛盾」は付きものじゃん？ 自分がわからなくなってからが本番じゃん？「かまってよ」ってセリフを言われた自分に溺《おぼ》れるのもキモいけど、それが自分なんだから仕方がない。キモいけど。

あ、でも付き合う前の両想い状態って、アツアツだけどすぐに冷めるからな。調子に乗ってないで、冷められる前に告白しとけよ。

恋人が他の異性とサシで遊びに行くのを許せる人ってすごすぎない？

「浮気のボーダーライン」ってのがどこなのか、いまだにわからない。手を繫《つな》いだら？　キスをしたら？　とかいろいろあるけど、まあキスは確実に地獄まで送…じゃなかった。

たまに「付き合ってる人が他の異性とサシで遊びに行っても、全然いいよ」って言う人がいる。素直にすげえなと思う。そこから関係が始まったらとか、不安にならないか？

恋人が異性とサシで会ってる時ほど、なぜかヒマしてることが多くて、カメラロールをよく見る。2人で撮った写真や動画を眺めるほど「あ〜」ってなりそうになるし、帰りが遅くて連絡が来なかったら、ヤってんじゃねえだろうな、とか。自分も恋人関係で似たような失敗をしたからこそ、すごく不安になる。**そうじゃないってわかってるけど、女のいやらしさや男の汚さが体に染みて残ってるからツラい。**

遊ぶのOKって言える人は多分、自分に自信がある。自分に自信がないと相手のことを疑うし、何よりすぐに冷められそうで無駄《むだ》に不安になる。

でも「行かせない」とか、過度な質問するとか、束縛はしたくないし。せめて電話してほしい。帰り道の「大丈夫だったよ」の電話で安心できるから。

いつか好きの中で **「疑い」よりも「信用」が大きい恋愛をしたいし、** 相手が異性と遊ぶとわかっていても、自信を持って「いってらっしゃい」って言える人になりたい。でもやっぱ当分無理だわ。

同じ量くらいの人と付き合いてえ。

好きな人とラインしてて、送った瞬間に既読がついた時の「は⁉（歓喜）」とか、すげえいい

「好きな人からラインが返ってこなくて寝れねえ…」って夜を過ごす日もあれば、「なんや今日、めちゃくちゃ返ってくるじゃん」って日もある。

いつもは数時間後、遅ければ明日にしか返ってこないラインが数分で返ってくるあの喜び。ひたすら楽しいあの時間。まあ、返事はめちゃくちゃ短かったりするんだけどね。返ってこない時は死ぬほど体感時間が長いのに、ポンポン返ってくる時は一瞬で終わってしまう。だからこそ、この時間は楽しい。あとさ、送った瞬間に既読がついた時の「は⁉（歓喜）」とか、すげえいい。

実は何を話してるかはあんまり関係ない。なんだか2人で「ラインしてる」と共有してる空気感が楽しいんだ。「次は何を送ろう」とか考えてる時間もめちゃくちゃワクワクしてるし、ニヤついてる自分がいる。考えてくれ。深夜に電気が消えた部屋で、ベッドの上で携帯を見てニヤつく自分を。**最高に気持ち悪い。**その時の自分は何も考えられないくらい楽しんでるんだけども。

話題は共通して盛り上がれることならなんでもよくて、家族の話とか、学校の話とかさ。で、鉄板は「理想の人」の話題。死ぬ気で自分に近づけろって思いながら話してます。

でも「まだ話の途中なのに…」と思っても、突然連続してた既読はつかなくなる。楽しい時間ってあっという間に終わる。幸せな時間からはずっと覚めたくないのに。

お前じゃなくても満足するような男に時間を使うのは無駄

「あれ…？　こいつ、私じゃなくてもイイんじゃね？」そう思ったら、残念だけど、その直感はだいたい的中する。いい意味での余裕じゃなくて、他にも相手がいるからって理由で余裕なのは全然違うし、すぐにわかる。「あっ、自分1人に好きって言ってるわけじゃないんだなあ」って。

そういう時に限って、占い師も真っ青の的中率。誰も得をしないのに。

相手が自分じゃなくてもいい恋愛を何度かしたけど、それを思い出すと、当時の自分を「バカだったな〜」とか「可哀想《かわいそう》だなあ自分」と思ったりする。

「お前じゃなくてもいい恋愛」は、経験としてはいいのかもしれない。だけど何度もそういう恋愛をすると、自分が消費されていく。

不幸な恋愛の最大の罪は（いや、不幸って表現はすごく悪いけど）、自分はこういう扱いをされて当たり前、と投げやりな思考になっていくこと。それこそすごく不幸だ。

人生はすごく短い。「不幸な恋愛」や「報われない恋愛」に疲れすぎて、幸せになる権利を自分で放棄《ほうき》してるヒマなんてない。自分だって、いいかげん幸せになってもいいんじゃないか？

全員が幸せになる権利を持ってるんだから、自分を特別扱いしてくれる相手を探すことは、ワガママじゃない。自分を無駄遣いする時間を作ってはいけないのかもしれない。多分。

デートの待ち合わせに早く着いてる方が絶対惚れてるよね

待ち合わせの時間に早く着く方が、絶対惚れてるよね。でも仕方ない。先に着いて、好きな人を待ってるあの時間が結構好きだから。

楽しみすぎて寝不足だけにはならないようにって気をつけて、結局寝不足になって臨むのがデートの鉄板。いつもより少し体温を高く感じて、どんな服着てくか悩むのも楽しいし、髪型もいつもより丁寧《ていねい》にチェックして。

で、ワクワクのピークは、待ち合わせ時間。

狩野英孝よりもナルシストになって、何度もガラス越しに確認する自分。「ヤツ（好きな人）はどの方向からやってくる…？」って確認しすぎな自分。相手もいつもよりかわいく見えて、「今日はなんか違うね」って話したり。

なんなんだろう。嬉しそうに話してるとこっちに笑顔が伝染してくるし、少しでも機嫌が悪いとめちゃくちゃ不安になるあの中毒性。

別れて家に着いてからも「疲れたー、さあ寝るか」の前にやることがある。

今日の写真や動画を見返してもう1回幸せを味わう「余韻《よいん》タイム」だ。これをしないとデートが終わったとは言わない。撮った写真を送り合うのとか、めちゃくちゃ楽しいから毎日したい。

抱きしめられた時の、ストーブよりあったかくて安心する感じを思い出しながら、「なんや…この幸せは…」って気持ちで写真のフォルダを眺める夜は、とてもよく眠れる。

楽しくないデート

「……！　携帯の充電がヤバい。

触りすぎた……！」

楽しいデート
「充電92%」
そして携帯の存在を忘れる。

追いかける恋愛は幸せになれないし
追われる恋愛は冷める

恋愛は「追う側」か「追われる側」か、二択しかない。一番ツラいのが、「追いかけてる人には一生届かないけど、追われる側になると払いのける」って人種。「不幸好き」とか「愛される方が幸せ」だとかよく言われるけど、そんなの全然わかんない。

カギになるのは、いつだって「自信」だ。「好きにさせる（追いつける）」って気持ちがあればうまくいくことが多いし、「無理だろうな（追いつけない）」と思えば、ほぼ無理。自分に自信がないから、好きな人ができてもまず「無理だろうな…」って思いがよぎる。そして、好きになられると「私を好きになる人とか、ない」って払いのけてしまう。

「好きになってくれない人」を好きになって、「好きになってくれる人」のことは好きになれないって不幸すぎない？って思うけど、原因はやっぱり過去の失恋なのかな。何もうまくいかないとか、恋愛は向いてないとか考えてるうちに、だんだん心が殺される。恋愛が向いてない人なんてこの世にいないはずなのに。

自分にも相手にも正面から「向き合わない」をずっと続けると、「恋愛は向いてない↓恋愛はできない」に自分の中で変換される。で、余計に自信を奪われる。**自分のことを好きって言ってくれる人を「価値がない」って決めつけないで、一度向き合ってみれば何か変わるのかな。**まあ、対処法は自分で見つけるしかない。逃げてても何も変わらないんだし。

みんなに内緒で付き合うのって、
最高にドキドキするから楽しい。
「バレたら気まずいから時期を見て言おうね」とか
「2人だけの秘密にしよう」とか、
付き合ってるのを隠したり。
お前たちは俳優と女優かよ。

一番恥ずかしくて楽しかったのは
「いつ、みんなに発表するか」
時期を真剣に考えてた自分。
今思い出すと「黒歴史」でしかない。
冷静にあの時を振り返って、
自分に言いたい一言は
「誰もおまえに興味ねえよ」だわ。

でも実際は、もし過去に戻れても、
きっとそんな一言は言わない。
余計なお世話だから。
全力で楽しんでる人に、
冷たい言葉をかけていい権利は
誰にもない。

自分が主人公だと思うのが
難しい世の中だけど、
恋くらいは
自分が真ん中じゃないとダメだよな。
自分たちが
世界の中心にいるような感覚を持って生きたい。

「そこまでして愛されたいの？」って聞くなよ愛されてえよバカ野郎

好きな人や彼氏やセフレに乱暴に扱われても「好き」って言い続ける人に、「そこまでして愛されたいの？」って聞く人いるけど、即答できる。「愛されたい」。自分に価値がないと思い込むのなんて簡単、だから相手に価値をもらいたくなる。で、気づいたら必死になってる。ん〜。難しすぎる。

誰かに必要とされることで愛を補給してると、それだけじゃ足りなくなるんだよ。全然足りない。いつか必要とされなくなるんじゃないかってどこかで思ってしまうと、もっとほしくなる。

この世に生きてる人の何割が「幸せ」で、何割が「不幸」なんだろう。病んでる時にたまに考える。2対8くらいかな？　いや、3対7くらい？　どっちみち不幸な人の方が多いんだと自分の中で納得させてる。つくづく思うんだ。

俺たちは「愛情不足」すぎるって。

幸せな2割と不幸な8割の違いは、多分「幸せの感じ方と数」。2割の人は、もっともっと幸せのハードルが低い。家族とごはんを食べたり、きっと天気がいい日に幸せを感じる。多分ね。まあ、そうなった方が楽しいからそうなれよ、って言われてもすぐにはなれないけど。

本当は愛情不足なんじゃない。愛を「感じられていない」だけなんだ。そこに「愛情」があるって気づいてないから、自分も周りも不幸な人に見えちゃう。歳をとれば「あの時、本当は愛されてたんだ」ってわかる日が来るのかもしれないけど、それまでは毎日愛されたい。

ぶっちゃけ
「すき家」とか
「サイゼリヤ」で

十分楽しめる
ような人と
付き合いたい。

彼氏の「元カノとの思い出」と戦っても勝ち目がないだろ。今を作ろうや

関係がうまくいってない時ほど、昔の人との楽しかった思い出とか、嬉しかったことを思い出すのはなんでだろう。そして、**現状と比べて余計に病む。**この負のループ。

今付き合ってる人が、前に付き合ってた人に贈った言葉とか、一緒に見た景色を想像するだけで胸がじわっと重くなる。自分にしてくれたサプライズやプレゼントも、前の相手にもしてたのかな、と勝手に悲しくなる。

昔の人のことなんて聞かなきゃいいじゃん、話さなきゃいいじゃんって言わ

れると、その通りでぐうの音も出ません。聞きたくないし、知りたくないけど、でもガマンできなくて聞いちゃうんだよ。そしてあとから1人でヘコむ。

「思い出と戦っても勝ち目はない」って最初からわかってるんだけどね。過去に戻ることなんてできないんだし、未来を上書きしていくしか解決策はない。

ぶっちゃけ、いつ嫉妬が消えるのかなんて考えるだけ無駄。自分たちは自分たちなりの「思い出」を作っていくって決めないと、**誰かと付き合うたびに、前の相手に嫉妬してたらキリがないし、身がもたねえ。**

何に「視点」を向けるのか。

「昔の思い出」なのか「これから作る思い出」なのか。全部、自分次第だし、「つーか、これからっしょ」くらいのメンタルで行こうぜ。

振られた時は手足に力が入らない。
そんな時に、無理に元気になろうとしたり、
ガマンするなんてできない。
めちゃくちゃツラいなら思い切り泣いていいし、
ひたすら何もやる気が起きないなら、
何もしなくていい。

失恋の傷は「時間」に任せれば、
きっとほぼ治るから。
どれくらい時間が過ぎたらいい、
とかじゃないんだけど、
振られた自分を受け入れられる瞬間、
「まあいいか」と思えた瞬間、
失恋の殻《から》が破れる。

「必ずいい人が現れるよ」って
慰《なぐさ》めの言葉もあるけど、
多分これも本当。
突然って時もあれば、
長い時間がかかることもあるけど。
失恋を忘れる方法は「時間」or「人」だ。

1人1人に方法があるんだと思う。
大丈夫。
みんなそんな夜を超えたし、
親たちだって
そんな夜を過ごしたんだと思う。

顔をくしゃくしゃにして心から笑える人は
それだけで
人にたくさんの幸せをあげられると思うよ

割と「匂い」で「あ、やっぱりこの人だわ」って思ったりする。いわゆる「シャンプーのいい匂い」とか「いつもの香水の匂い」もいいけど、**ぎゅっと抱きしめた時とか、すごく近くにいる時だけにしか感じない、どんな洗剤を使っていても「その人にしかない匂い」。好きな人の服とか、なんであんなに安心するんだろう。**

匂いって一番脳に近い感覚だとか、動物は匂いで自分に合う異性を見分けるって聞いたことがあるけど、だから人間も、本能で好きな人を見分けてるのかな。あの「自分にしかわからない特別な感じ」が幸せなんだ。

冬に手を繋いだ時に伝わってくる体温にも、その温もりに、想いまで繋がった気がして、しみじみ幸せだなって感じる。

あとは相手の「喜んでる顔」で幸せを感じられる「好き」は強い。だから、顔をくしゃくしゃにして心から笑える人は、それだけで相手に幸せを多くあげられると思うよ。マジで。この人を悲しませたくないな、って気持ちと好きがどんどん増える。

条件とか、理由とか、そういう思考回路を軽々と超えて「ヤバい、好きだ…」って無条件に心が反応する瞬間は、何回だって来てほしい。

そう心から思わせてくれる人に早く出逢いたい。

特別な好きを感じてえ。

「伝えたい気持ち」も「言いたいこと」も、全て相手にぶつけきった恋愛をできていないなって思うと少し寂しい

全力で恋をしたことがある人って、どれくらいいるんだろう。最近「全力でこの人が好きだ」って感情にめったにならない。どこか他人事みたいな感じ。**「伝えたい気持ち」も、「言いたいこと」も、全て相手にぶつけきった恋愛をできてないなって思うと少し寂しい。**

大人になると周りの人間関係が複雑になるから、勝手にいろいろ考えてブレーキを踏んだり保険をかけたりして、素直な気持ちでいるのは難しくなる。全くできないとは言わないけど。

「嫌われるのが怖くて言えなかった」とか、気持ちを伝えきれなかった恋愛は不完全燃焼になるけど、清々《すがすが》しいくらいに伝えきった恋は終わったあとも「未練」がほとんどない。

未練を飛び越えて、なんていうか「これでよかったんだ」って自分で納得できるような恋がしたい。好きの気持ちは「コントロール不可能」で、だからこそぶつけたい。

きっと「伝えきってもうまくいかない関係」が存在するってことを理解してる人は、人間関係で悩みにくいんじゃないかな。強いんだ。たとえ想いが成就しなかったとしても「燃えるような恋」ができたら、それは財産になる。

大人になってから、若いうちにめちゃくちゃ真っすぐな気持ちでもっと人を好きになればよかったって後悔しても、きっと遅い。

ごくごく「当たり前の日常」を笑顔で楽しめるそんな人が近くにいたら神に感謝ってレベルでいいよね

自分の理想の恋人の条件ってなんだろうって考えてみたことがあるんだけど、「笑いのツボが同じ」と「小さいことでも一緒に喜べる」、この2つだった。「小さいこと」って例えば、ごはんを食べに行って好きな具材が同じだったら嬉しいし、同じタイミングでラインをしたら嬉しいし、なんなら楽しかったことを報告し合うだけでもすごく嬉しい。

そんなごくごく「当たり前の日常」を笑顔で楽しめる相手って意外に少ない。見つけ次第、大事にした方がいいって、いつも自分に言い聞かせてる。マジで貴重な人種。

疲れきった毎日を過ごしてるんだから、小さいことで喜んでいかなきゃ日々に色がなくなるんだ。

すごく楽しいこととか、すごく悲しいこととか、めちゃくちゃうざいこととか、強い感情はたいして仲がよくなくても共有できる。けど、何気ないポジティブな感情を2人で一緒に持つってことが意外に難しい。

だから、それができるなら神に感謝ってレベルでいいと思う。めちゃくちゃしょうもないことで笑い合える毎日ってかなり楽しいじゃん。

毎日イベントがあるわけじゃないけど、毎日を「イベント」にできる人と一緒にいたい。恋人も。友達も。

人生は一度しかないし、全力で楽しみたいから。

もう早く好きな人の「好きな人」

になって、ラクになりたい。

別れた相手に「ありがとう」なんて言えるメンタルになりてえ

別れる時（しかも振られた時）、素直に「ありがとう」なんて言えるわけない。だって振られてるんだよ？　無理でしょ。その別れが不意打ちでも、なんとなく予感してても、覚悟してても、実際に「別れよう」って言われた瞬間は、空っぽになったみたいな絶望感しかない。

何か言葉を話そうとするだけで、壊れたダムみたいに涙がこみ上げてくるし。

ダメだ。堪《こら》えるなんて、到底できない。今までの思い出が、その瞬間にカラー写真からモノクロになったような、そんな感覚。

人生最大に、自分の気持ちに精一杯の時間で、混乱して。そんな時に相手に感謝するなんて、神様だって無理なんじゃないかな。

RADWIMPSの「me me she」っていう失恋の歌があって、その中で『ありがとう』って言葉が出てくる。

幸せだった頃に聴いた時は深く考えなかったけど、大事な人を失った時、この歌詞の深みがめちゃくちゃわかった。ただし、少し時間が経ってからね（関係ないけど、振られた時って曲の好みがわかりやすいくらい変わるよね）。

「ありがとう」なことはたくさんあったはずだし、その時間が存在したことは変わらない。これから先、その時間が増えることがないとしても。

楽しい思い出も悲しい気持ちも飲み込んだ「ありがとう」って切なすぎるし、到底自分にはまだまだ言えないと思う。

ハッピーエンドじゃない
恋愛を
いくつも見てきた。

うまくいく恋をしてる人は
「自分を大切にしてる人」
だったよ。

「必ず幸せになれるよ」って言い切ってくれる人って人生で何人出会えるんだろう

格好つけなくても、ありのままの自分を認めてもらえる相手ってすごく嬉しい。めったに出会えないからこそね。

自分の負の部分をさらけ出すことは勇気がいる。今まで悩んでたこと、死にたいと思ったこと、自分がしてしまった過去についてとか。たとえ話したとしても、誰にでもわかってもらえるわけじゃないしね。

初めて会った時に「私は自分の生きてる意味がわかんない人間なの。だから人を助けることで意味をもらってる気がするの」って話をした子がいた。普段なら「なんやこのメンヘラ、怖すぎるやろ」って確実に思うんだけど、その時はなんでか違った。初めて会うのに、お互いの話す言葉が水みたいに体の中に入ってきた。

自分もストレスがすごかったし、得意なこともないし、他人に勝てることもなかったし、このまま生きてても意味ないかなって思ってたりしたし。同じ悩みを持ってる人が近くにいることが素直に嬉しかった。

2人の距離がものすごい勢いで近づいていくのはすごく不思議だったけど、当然っていう気もして。プロセスなんてどうでもよくなるくらいの出会いができたら、**運命なんだと思う。** 少し恥ずかしいけど。

バイバイって別れたあとに、かばんに手紙が入ってて「必ず幸せになれるよ」って書いてあった。その言葉は今でも心の支えだ。「必ず幸せになれるよ」って言い切ってくれる人って、人生であと何人に出会えるんだろう。

おわりに

この本を手にとって、そして読んでくれた皆さん、ありがとうございます。

ツイッターを始めた「きっかけ」は他人に対する劣等感でした。クラスじゃ「勉強も運動もめちゃくちゃできないってわけじゃないけど、しっかり平均以下」という立ち位置で、影の薄さだけは全国レベルでした（今もやで…）。「人に絶対に勝てる取り柄がない」ことがコンプレックスだったし、「すべて平均以下」のレッテルを、家族にも友達にも貼られながら生きていくのは、結構うんざりします。

だから、誰かに「お前じゃなきゃダメだよ」って言われたい。そう思い続けて生きてきました。「自分は自分でいい」と素直に思うことって、実はすごく難しいことなんだと思います。

「頑張ったものがツイッターってwww」って笑い者にされても、俺の言葉で誰かがラクになるならそれでいいです。

いや、それがいいです。

日々つづる言葉が、たくさんの人に共感してもらえることが励みにもなっています。フォロワーの皆さん、本当にありがとうございます。

この本に書いてある文章や一言が、読んでくれた方の何かの「きっかけ」になってくれたらすごく嬉しいです。それが、失恋を忘れるきっかけだったり、自分の好きなモノを信じ切るきっかけだったり、イヤな自分とサヨナラをするきっかけだったり、過去をぶっ壊すきっかけだったり、何でもいいんです。

俺は誰かの「何か」になりたいです。

みんなも、自分の中の「何か」を大事にしてください。

「いい人生だった」って言い切れるように生きようぜ。

ニャン

カバー写真	yuta yamaguchi
D T P	東京カラーフォト・プロセス株式会社
校 正	麦秋アートセンター
編集協力	渡辺絵里奈
編 集	間有希

ニャン

東京生まれ、大阪育ち。
切ない片想いツイートが女性の共感を呼んで
またたく間に人気になる。
恋がなかなか実らない恋愛童貞、
メンヘラホイホイ体質。
Twitter：@radran10

好《す》きな人《ひと》を忘《わす》れる方《ほう》法《ほう》があるなら教《おし》えてくれよ

2018年7月5日　初版発行
2018年9月1日　4版発行

著　　者　ニャン

発 行 者　川金正法
発　　行　株式会社KADOKAWA
〒102-8177　東京都千代田区富士見2-13-3
【電話】0570-002-301（ナビダイヤル）

印 刷 所　凸版印刷株式会社

KADOKAWA カスタマーサポート
【電話】0570-002-301（土日祝日を除く11時～17時）
【WEB】https://www.kadokawa.co.jp/（「お問い合わせ」へお進みください）
※製造不良品につきましては上記窓口にて承ります。
※記述・収録内容を超えるご質問にはお答えできない場合があります。
※サポートは日本国内に限らせていただきます。

定価はカバーに表示してあります。

Printed in Japan
ISBN978-4-04-896283-4　C0076